찬란한
눈물

찬란한 눈물

발행일   2015년 11월 30일

지은이   김 지 혜
펴낸이   손 형 국
펴낸곳   (주)북랩
편집인   선일영   편집   서대종, 김아름, 권유선, 김성신
디자인   이현수, 신혜림, 윤미리내, 임혜수   제작   박기성, 황동현, 구성우
마케팅   김회란, 박진관
출판등록 2004. 12. 1(제2012-000051호)
주소   서울시 금천구 가산디지털 1로 168, 우림라이온스밸리 B동 B113, 114호
홈페이지 www.book.co.kr
전화번호 (02)2026-5777   팩스   (02)2026-5747

ISBN   979-11-5585-856-1 03810(종이책)   979-11-5585-857-8 05810(전자책)

이 도서의 국립중앙도서관 출판예정도서목록(CIP)은 서지정보유통지원시스템 홈페이지(http://seoji.nl.go.kr)
국가자료공동목록시스템(http://www.nl.go.kr/kolisnet)에서 이용하실 수 있습니다.
(CIP제어번호: CIP2015032443)

성공한 사람들은 예외없이 기개가 남다르다고 합니다.
어려움에도 꺾이지 않았던 당신의 의기를 책에 담아보지 않으시렵니까?
책으로 펴내고 싶은 원고를 메일(book@book.co.kr)로 보내주세요.
성공출판의 파트너 북랩이 함께하겠습니다.

찬란한 눈물

김지혜 지음

나이 서른의 고비를 힘겹게 넘고 있는
이 땅의 청춘들에게 바치는 헌사

북랩 book Lab

연이틀 가을비가 내리고 난 뒤

하늘과 땅이 봄기운을 드러냈다.

가을이라고 하여 온통 가을 색으로 치장한 것이 아닌

봄을 만끽할 수 있는 아이러니한 순간이었다.

차디찬 가을바람에 떨어진 나뭇잎들이 길거리를 온통 뒤덮

었을지라도

봄기운은 물씬 내 마음을 뒤덮었다.

이 순간 또한 저장 버튼을 누르리라.

우리가 겪는 온갖 경험들이 다 소중하게 뒤덮는 현상.

보이는 것이 다 진실이 아니리라고 말하고 싶은 나는

오늘에서야 드디어 이 시를 출판하기로 결심했다.

2015년 가을의 어느 날.

contents

제3장 찬란한 눈물

제1장

덜 여문 눈물

아버지

1940년대의 어릴 적 아픔을 잊지 못해
힘들어 술을 드시곤 했습니다.
이제 술을 끊은 지
20년이 지났습니다.

하지만
오늘은 가슴에 맺힌
자식 응어리에
다시 술을 드셨습니다.

부끄러운 나 자신 때문에
뒤에서 눈물을 흘리고 말았습니다.

'돼지고기 두 근 사 왔다'
왠지 낯설기만 한 말
그 말엔 너무 큰 응어리가 있습니다.

오늘 밤은 눈이 붕어 배같이
퉁퉁 부을 정도로 울고 싶습니다.
아버지 또한 그럴 것입니다.

아버지! 왜 당신은
나의 아버지이신가요?
이런 애처로운 생활을 하시는데
좀 더
좋은 자식을 낳으시지…

너무 많은 세상을 아시는 분이
왜?

나는 당신의 딸인 것이 부끄럽습니다.

1998년 6월 9일 저녁 9시 25분.

그녀에게 받았던 감사

사랑하는 지혜에게

삼한사온의 겨울 날씨가 삼한십온이 되어서인지 오늘은 유난히 날씨가 포근하구나. 지혜에게 편지 쓰는 동안 선생님의 마음이 따뜻해져 날씨마저 그렇게 느끼는지 모르지만.

그동안 아이들에게 왔던 카드나 편지를 정리할 때 너의 것만은 따로 정리해서 두곤 했다.

정성과 사랑이 가득 담긴 내용이기에 다른 것과 같이 취급하면 안 될 것 같은 생각이 들어서였단다.

지혜야, 선생님은 네가 보내 준 메시지나 시들이 온 정성을 기울이고 마음을 다한 것들이라는 것을 안다.

누구에게나 주는 사랑을 고마워하고 감사하게 받아들이는 너의 태도에서 진정한 마음이 무엇인가를 깨닫게 해주었단다.

바탕이 순수하고 아주 착해서 자신을 내세우지 않기에 빨리 눈에 띄지 못하지만, 너와 오랜 시간을 지내다 보면 그런 것들이 눈에 보인단다.

선생님은 자칫 그런 너의 순수성이 다른 사람으로 인하여 상처를 받지나 않을지 걱정이 될 때가 있다.

까마귀들 사이에서 백조가 이상한 취급을 당하듯 세상 속에서 너의 존재가 빛을 잃을까 염려가 된단다.

모든 것을 단시일 내에 판단하려는 사람들 사이에서 너는 조개 같은 존재다. 내면에 영롱하고 변치 않는 진주를 키우기 위해 애쓰는 조개 말이다.

선생님 생애에서 지혜 같은 아이를 만난 것도 참 행운이라고 생각한다.

방학 때면 잊지 않고 늘 편지 해줘서 선생님이 이번에는 먼저 편지를 보내려고 했는데 역시 답장으로 보내야 한다니. 선생님이 너무 게으른 것 같다.

어린 나이에도 부모님의 마음을 헤아릴 줄 알고 부모님을 오히려 더 걱정하는 너의 마음이 참 대견했다.

그리고 꾸준히 노력한 결과 기말고사에서 좋은 성적을 거두어 선생님은 아주 기뻤다. 네가 기뻤던 만큼 선생님도 속으로 쾌재를 불렀다. 열심히 노력해도 그 자리의 성적이 혹시나 너를 절망시키는 것은 아닌지 내심 걱정을 했는데 자신이 노력한 만큼 얻어낸다는 진리를 네가 보여주었으니…. 간혹 아무리 노력해도 안 되는 경우도 가끔은 있어 네가 슬럼프에 빠지는 것 같은 상황이 될 때는 너 자신이 그런 아이라고 단정 짓지는 않을까 걱정이 되었단다.

누구보다 열심히 한 대가가 좋은 성적을 거두어 기뻤다.

지혜는 책을 많이 읽고 그 또래 아이들보다 사고력도 깊어 고등학교에 진학하면 더 성적이 나아지리라 생각한다.

아버지의 기대를 채워줄 수 있는 그래서 아들 못 두신 것에 대해 더는 체념하시는 아버지가 아닌, 딸을 잘 두어 남들이 부러워할 수 있는 자녀가 될 것이리라 믿는다.

이 편지가 개학 후에 가 닿을지도 모르겠다. 설 잘 보내고 개학 때 보자.

부모님께도 안부 인사드려 주렴.

이만 줄인다. 안녕.

2000년 2월 4일 담임 선생님이 보냄.

제2장

뒤섞인 눈물

치유

'숨고 싶어'
'도망치고 싶어'
'내 편은 어디에도 없는 것 같아'

자포자기
고립감
두려움에 밤잠을 설친다.

내일은 또 오겠고
또 하루하루 임시방편 살아가는 것 같이 산다.

재정절벽이 기세등등 라디오 전파를 타고
아침 인사를 한다.

내 미래는 오늘도 벌벌 떨며
두려움
근심·걱정으로 살고

모순된 다양한 사회와
매일 마주하며
때론 비판하기도 하고
비판하는 이들로부터 상처를 받아
침묵을 일관하며 산다.

우리는 연약해
절벽으로 기울어지고 있다.

마음의 절벽에서
밧줄도 없이 서 있다.

힐링캠프
힐링뮤직
힐링북
힐링이 대세다

우리는 '힐링' 즉 '치유'를 원하며
치유를 위해 매일 노력한다.
아니 노력이라도 해야 한다.

나만의 고통과 상처가 아닌
이 시대의 모든 이
또 과거에 있었고
미래에 있을 모든 이가 늘 겪는 상처
또는 사춘기 같은 열병
이 모든 것을 공감하고
인식하여 이겨내야 한다.
'극복'해야 한다.
공감과 극복이
치유의 밧줄을 내줄 것이다.

매일 매 순간
매 시, 매 분, 매 초도 놓지도 잊지도 않고 기도하고 다짐해
야 한다.

고통은 습관처럼

난 상처 받았어
난 외로워
난 혼자야
난 부족해
난 가난해
난 두려워,
라며 자학하고
매일 고통을 몸소 내뱉고
나 스스로 인식시켜 주입 시킨다.

내 몸에
내 마음에
내 머리에
힐링제를 투여해야 한다.

힐링?

포털사이트 검색어 1위에 빛나는 그것

매일 반복해야 한다.

난 사랑받아

난 혼자가 아니야

난 가치 있어

난 성공할 수 있어

난 행복해, 라고

매일 내 마음과 몸

머리에 울림을 주는 이것들.

플라나리아 너처럼

찢기고 또 찢기고 잘리고 또 잘리고

오늘도 일터에서는
　　　가정에서는
　　　이곳에서는
　　　그곳에서는

내 신체 한 부위 부위가 찢기고 잘려
상처 입는다.

내 상처가 상처 입기 전으로
되돌아간다면 좋을 테지만
이미 입어버린 상처는
재빠르게 재생시키는 것이 급선무다.

이미 상처받은 이 몸

아파서 시름시름 앓고 또 앓다가
잠 못 이루며 고통스러워
울며불며하겠으나

플라나리아
너란 녀석처럼
아픔과 고통을 단숨에 날려버리고
새살을 솔솔
새 삶을 쭉쭉
새날을 훨훨
맞이해야 할 것을

맑은 물에서 사는 너란 녀석은
정말 맑은 환경에서 자라서
모가 나지 않은 터라 그런 것이더냐?

아니면 너란 녀석은
찢김을 상처가 아닌 경험으로 보는 것이더냐?

만약 그러하다면
나 또한 그래야 할 것을.

공감

좋아요. 좋습니다. 그래요 그런가요. 그렇죠.
맞네요. 맞습니다. 네 알겠습니다.

모두가 '예스'라고 말할 때 '노'라고 외치는 사람이
인기를 끌었던 시대보다

모두가 평화스럽게 공감하며 박수 쳐주는 것이
요즘 시대에 걸맞지 않을까?

나 혼자 목 빼고 내 말만 옳다고 하는 건
타인을 공격하고, 화합하자고 하는 것이 아닌
다투고 싸우자는 전쟁의 신호탄과도 같으니까

우리는 가끔 일시적으로 느껴질 손해를 감수하면서
타인을 사랑하고 공감해 줄 필요가 있다.

그것이 나 역시도 타인에게도 상처를 입지 않고
입히지 않는 방법이 아닐까.

내려놓기

때론
감성적 음악과 라디오
과거와 미래에 대한 환상에 젖어
아무와도 소통하고 싶지 않게 되곤 한다.

이 시대에
악당들이 너무 많다.

'침묵이 금이다'라는 말이
새삼 뼈저리게 느껴지는 시대에 사는 듯하다.

화가 가득한 사람을
잠재우는 건
같이 열 내는 것이 아닌
참고 참아 화를 내리는 것

화의 출처를 찾자
화의 근원지
화의 원산지

어디에서부터 왔는가?
어리석은 영혼
애석한 마음
화를 잠재우지 못해
결국에는 화를 토하고
인심을 잃고
자기 자신을 잃어
자학하고 경멸해
자기 스스로 밑바닥까지
내리는 이런 현실

화는 어디서부터 오는가?

우리는 화를 호리병에 담아
뚜껑을 닫아 버려야만 한다.

예의에 관하여

또한 A에 관하여
타인을 자신의 의도대로
자기 생각대로 판단하는 건
절대 금물이다

나 역시 보잘것없는 존재이기에…

타인에게 화낼 이유는 없다.

겨울 선물

춥다.
겨울이 노크도 하지 않고 찾아와
마음에 여유도 찾지 못한 채
겨울과 맞서 위기를 극복하려 발버둥 친다.

춥다.
겨울이 벌써 왔는가 보다.
멋 부리며 얇게 입던 시기는 갔고
껴입고 또 껴입어 추위를 이겨본다.
올겨울은 이렇게 버티어 보자.

춥다.
겨울이 왔는가 보다.
터무니없는 도시가스 요금에
전기장판과 온 열기를 구입한다.
올겨울은 이렇게 버티어 보자.

우리의 겨울은 왜 이토록 예고도 없이 찾아와
냉기를 방 한 구석구석 느끼게 해 주는 것인가.
우리의 겨울은 왜 이토록 예고도 없이 찾아와
냉기를 온몸 구석구석 느끼게 해 주는 것인가.

아버지2

1942년생 아버지는
아직도 시골 일을 내려놓지 못한다.

딸 일곱을 키우시며
바람 잘 날 없이 살아오시는 아버지는
시골 일을 내려놓을 수가 없다.

자상하지 못하고 강하고 엄격한
아버지 밑에서 자란 나의 학창시절

그렇다고 큰 인물이 되지 못한 막내딸이다.

아버지의 불같은 성격을 더 불같이 만든 것이
우리 일곱 딸일 터인데

어찌하여 우리는

아버지의 인생을 이러쿵저러쿵 비판하며

우리가 마치 잘 살아온 것처럼 이야기하는 것인가

우리는 아버지에게

80여 년 세월에 박수를 쳐야 하며

내려놓지 못하는 것들에 대해 인정해 주어야 한다.

일기장

객지에만 살다가
오랜만에 학창시절 나의 방을 뒤져보다가 나온
수십 개의 일기장.

일기장 속 나는
내 기억 속의 나보다 더 구체적이고
더 섬세했다.

일기장 속 우리 부모님은 내 기억 속과 반대로
여리셨고 일곱 딸에게 자상한 부모님이셨다.

감사

감을 사야 하나
감을 따야 하나
감을 담아야 하나
감을 건네야 하나
감사해야 하나.

연애와 결혼에 대한 고찰

'결혼해야지?'
'결혼해라'
'너도 이제 웨딩드레스 입어봐야지?'
'선 볼래?'
'이런 사람 있는데 어때?'

'결혼, 해야 하나?'
'결혼하면?'
'나도 이제 웨딩드레스를 입을 때일까?'
'선이나 볼까?'
'이런 사람 만나고 있는데 어때?'

사랑하는 것 같아도 결혼에 대한 확신이 서지 못한 채
언제나 갈등의 연속
만나는 사랑은 현실 속 가족의 조건 속에 뒤덮여
결국, 포기해 버리는 사랑이 되고 만다.

나는 언제쯤
나만의 사랑을 현실 속 조건과 투쟁해 내어
이룰 수 있을까?

눈치만 보는
바보 같은 나의 연애와 결혼에 대한 고찰.

점

샤워를 하다가
배 주위를 집중해서 닦았다.
30년 동안 살면서
단 한 번도 보지 못했던
점을 발견했다.
배꼽의 중앙에서 우회전으로 15도
하행선 약 3㎝
몇 년 전부터 생겼을 지도 모를
이 점.
아무 생각 없이
관심 없이
그렇게 지나쳤을지 모른다.

기도

아무리 닦고 닦아도
이곳 만은 지워지지 않는다.
미니스커트를 입은
여자들을 줄줄이 쳐다보았지만
나처럼 검지는 않았다.
창피해서
짧은 치마도, 반바지도 입지 못했다.
계속 닦고 또 닦았다.
여전히 검다.
다른 피부와 상반되는 그곳

하나님!
오늘도 당신께 기도드립니다.
무릎을 꿇고

지혜

한 달 전 새로 생긴 동네 서점
지혜서점.
주일 예배 성경 말씀에 나온
열댓 번의 단어
지혜.
영어단어 중에 내가 가장 좋아하는 단어
wisdom.
흔하디흔하지만
이렇게 많이들 불러주는
마이 네임 이즈 김지혜.

사과 장수

엄마는 오늘 밤에도 분주하시다

마트가 생긴 이래
엄마의 장바구닌 아침과 같다
세상인심 각박해져서
비운다고 비우고 온 날이라도
호주머니 속 지폐는
배춧잎 한 장
온종일 비 맞고
때론 햇볕 쨍쨍 눈살 찌푸린 시간

하지만 내 자식처럼 귀한 사과
조심히 담아
오늘 밤도 분주하시다.

해바라기

축 처진 어깨
가물가물한 눈
나를 닮았네.

가을 햇살에
어깨가 늘어진 걸까?
가을 햇살에
눈이 감기는 걸까?

푹 숙인 고개
갸우뚱하는 몸통
나를 닮았네.

고민이 많아
고개를 숙이는 걸까?
생각하는 것이 많아
갸우뚱하는 걸까?

흑조의 눈물

나의 학창시절에
객지에 있는 언니들의
전화 소리로
아버지, 어머니의 한숨 소리가 끊이지 않았었다.
그것을 지켜보던 나는 쓰디쓴 시절을 보냈다.
가슴 아픈 사연들
바람 잘 날 없었다.
미운 오리 새끼는 흑조가 되어 눈물을 뚝뚝 흘렸다.

농부의 딸

문명은 변화하는데
나는 여전히
농부의 딸입니다.

세상은 변하고
사람들은 변화해 가는데
나는 여전히
농부의 딸입니다.

시대에 뒤처지는
나를 보면
화가 나고, 걱정되지만
나는 아직
농부의 딸인 것을
감사합니다.

시대는 빠르게 나를 오라고 손짓합니다.

하지만 나는

농부의 딸이어서 좋은 것이 너무 많습니다.

풀 냄새, 소똥 냄새, 흙 냄새.

그녀의 추

그녀가 오신단다.
세상에서 제일 아름다운 이름을 가진
그녀가 오신단다.

객지로 올라올 때 나는
그녀의 붉은 눈시울을 보았고
목멘 그녀의 목소리를 들었다

떠나는 나의 발걸음에
그녀의 추가 매달려 몇 번이고
또 몇 번이고
멈춰 서고 싶었다.

그녀가 오신단다.
세상에서 제일 아름다운 이름을 가진
그녀가 오신단다.

그녀는
한 개의 추를 달고 가시겠지
딸의 목멘 목소리를 들으시고는
문득 발걸음을 멈추시겠지

세상에서 제일 아름다운 이름
어머니는

효녀 꼬꼬

40여 년 세월 함께 했던 소들을 떠나보내고
시장에서 사 온 꼬꼬 닭.
하루에 4알씩 달걀을 제공해 주는 효녀 꼬꼬에게 고맙다고
말한다.
'우리 효녀 꼬꼬'

20년 전까지만 해도 너희는 산에서 다양한 풀을 뜯어 먹으며 자연을 벗 삼아 생활할 수 있었지.

그러다 10년 전 산과 우리 집 사이 도로에 차들이 쉴 틈 없이 다녀 너희의 자유는 사라졌고 외양간에서의 생활만 할 수 있었지.

그럴 때마다 너희는 위험을 무릅쓰고 탈출을 감행했고 너희가 탈출해서 집으로 돌아올 수 있도록 인도할 때마다 나는 하던 과제물을 내팽개치고 과수원 이곳저곳을 달려 옷과 신발이 흙투성이가 되고 말았고 밭과 과수원도 엉망이 되고 말았었지.

야구경기도 본 적 없는 내가 엄마 아빠와 사인을 보내며 너를 다시 외양간으로 돌려보내려고 얼마나 노력했는지 기도했는지 원했는지 갈망했는지 너는 모를 거야.

매일 학교에서 돌아와 너에게 매일 정해진 시간마다 여물과 사료를 주며 난 하루 동안 있었던 일들을 너에게 고백하고 너의 크고 선한 눈을 바라보며 위로를 받고 또 울기도 하기도 했고, 웃기도 했지. 너와의 추억은 잊지 못할 거야.

네가 송아지를 낳아 밤새 '음매 음매' 울며 고통을 느낄 때 엄마 아버지도 함께 아파하셨어.

그런데 5년 전, 시골에 내려가 보니 네가 사라지고 없는 거야. 아버지, 어머니께서 너를 이제 보내시고 말았대.

이제 너의 외양간에는 꼬꼬 닭이 달걀을 낳으며 효도를 하고 있어. 우리 나이 든 아버지 어머니께 매일 달걀 네 알씩을 선사해 드리며 단백질을 제공해 줘서. 너처럼 아주 착해.

흙에 살리라

'초가삼간 집을 짓는 내 고향 정든 땅'
아버지 18번 곡은 '흙에 살리라'라는 트로트 곡이다.
그 누가 시골을 떠나자고 제안을 하고 권유를 할지라도
절대로 굽히지 않고 꿋꿋하게 시골을 지키는 아버지의 18번 곡은
'흙에 살리라'다
힘들고 지쳐 낙망하실 때도 있으셨지만
결국, 그 누구보다 강하게 대처하시고
그 누구보다 담대히 농사와 과수원을 이어 가는 아버지의 18번 곡은
'흙에 살리라'다.

퇴근은 캄캄

객지 생활을 해도 1년 365일 눈이 펄펄 내리는 날 빼고서는
시골 고향 걱정에 쉽사리 잠을 청하지 못한다.

내 나이 서른,

유치원 다닐 때부터 소밥 주고, 개밥 주고

초등학교 접어들면서 방과 후 집에 와 숙제를 마치자마자
하는 일은 소밥 주기, 개밥 주기, 소똥 치우기, 밭에 나 있는
채소 뜯어서 요리하기, 아버지 새참 챙겨 드리기, 청소하기

깜깜 해 질 때까지 밥상 차려 놓고 일하시는 부모님 기다리
며 마음 애태워 하며 우리 아버지, 어머니 들어오시면 고생하
시는 손길, 발길, 눈길, 어린 마음에 조심스레 어루만졌었던
옛 추억에 눈시울이 붉어진다.

오늘도, 캄캄함 속에 퇴근하실 아버지, 어머니 생각에 쉽사
리 잠이 오질 않는다.

나비와 어머니

'나비야, 밥 가져왔어.'

우리 어머니 이렇게 다정한 목소리로 나비를 불러 쓰다듬으며 밥 먹는 모습을 물끄러미 바라보신다.

70평생 사시면서 딸들에게 줬던 사랑에 보상을 제대로 받지 못하고

70평생 아버지의 꿈대로 농촌을 떠나지 못하시고

누렁이, 나비, 효녀 꼬꼬, 토순이와 함께 다정다감 의지하며 살더라.

다정하고, 눈물 많았던 우리 어머니, 어느새 일곱 딸에게 차갑게 말 던지시고

나비에게 특별 사랑을 보내신다.

나비는 우리 어머니의 목소리에만 반응하며 어머니만 졸졸 따라다니며 온갖 애교를 부리기 때문일 것이리라.

BGM(Background music)

현관문, 화장실 문, 베란다 문이 한눈에 훤히 보인다.

사각 방안에 사각 침대, 사각 냉장고, 사각 서랍장, 사각 텔레비전,

사각 싱크대, 사각 가스레인지, 사각 노트북

그 안에서 흘러나오는 BGM(Background music). 이 모든 것이 한눈에 느껴지는 곳은 바로 내 작은 원룸이다. 환한 듯 어두운 조명 아래 천장을 비스듬히 향하고 누워 잡생각을 하고 있다. 아니, 무슨 생각을 해야 좋을지 막막한 심정이다. 눈을 감고 흐르는 데로 BGM이 흐르는 데로 볼펜을 종이에 흘려보내고 있다.

글을 쓴다는 것은 과연 뭘까?

막연히 이런 생각이 자리한다. 글을 좋아한다지만 쌓아둔 책만 많을 뿐 겉표지만 훑어보고 내용물은 다 이해한 양 다음에 자세히 읽기를 시도 하겠다는 무의미한 고개를 끄덕인다.

문학을 전공했다지만, A+ 맞았던 시, 소설에만 만족할 뿐 재구성의 도전 앞에 두 손 두 발을 벌벌 떨고 있다. 힘들고 어려

울 때 무언가 모르게 답답할 때 정열적으로 써졌었던 학창시절의 글들, 이제는 그런 열정과 의욕이 사그라지면서 대학 졸업과 동시에 사회의 부재자가 됐다. 아니 그렇게 여기고 있다.

터벅터벅

타박타박

힘겨운 발걸음을 하고 있다.

과연 나는 글을 사랑했을까?

글을 사랑했다면 왜 밀고 나아가지 못하는 것일까?

나의 능력과 한계에 주춤주춤하는 것일까?

왜 하고 싶은 것이 있어도 이렇게 나약해질까?

20대의 패기와 열정이 졸업과 동시에 마음조차, 생각조차 쾅쾅 닫아버리게 된 것일까?

방안에 흥에 겨운 BGM이 흐른다.

어깨가 들썩들썩

고개가 끄덕끄덕

발가락이 까닥까닥해진다. 이에 기분까지 들뜬다.

삶은 이 BGM인 것을

슬픈 음악, 신나는 음악, 들쑥날쑥한 이 BGM처럼

삶은 들쑥날쑥한 것을

이제야 생각한다.

가을

가을아 안녕?
나뭇가지에 매달려 나풀나풀, 팔랑팔랑,
빗물에 으스스, 바들바들,
빛바래 하강할 때
또다시 안녕.

차단

모든 것을 차단해 버리고 싶은 이틀이었다.
감성적 음악과 라디오
과거와 미래에 대한 환상에 젖어
아무와도 소통하고 싶지 않았다.

사소함

툭- 하고 던진 듯한 너의 한 마디가 큰 힘이 되는 하루

사소함2

온종일 집에서 책 읽기.

뽀송뽀송 잘 마른 이불 위에서 뒹굴뒹굴하며.

주 품에

내가 제일 좋아하는 찬양.
부족한 피아노 실력에 그나마 칠 수 있는 찬양.
항상 날 울리고 날 감화 감동하게 하는 찬양.

주 품에 품으소서.
능력의 팔로 덮으소서.
거친 파도 날 향해 와도
주와 함께 날아오르리.
폭풍 가운데 나의 영혼
잠잠하게 주를 보리라.

주님 안에 나 거하리.
주 능력 나 잠잠히 믿네.
거친 파도 날 향해 와도
주와 함께 날아오르리.
폭풍 가운데 나의 영혼
잠잠하게 주를 보리라.

그대의 시

내가 시를 짓기 시작한 건 초등학교 1학년 때부터였던 것
같다.
날짜가 지나 버린 커다란 시골 달력을 찢어 그 뒷장에
시를 짓곤 했다.
짓고 또 짓고
재밌고 행복했었다.
지금쯤 잿더미가 되어 멀리멀리 날아가 버렸을
그때의 나의 시

사과와 부모님

아버지는 어머니와 컨테이너를 설치하셨다.

사과를 팔기 위해서다.

시골 장에 가지 않고 이제 컨테이너에서 사과를 판다.

사과는 아버지 어머니에게 어떠한 존재일까?

그 영아시절 나의 언니는 사과 한 조각을 베어 물은 뒤 천국
으로 갔었다.

아버지와 어머니에게 사과란 어떠한 추억을 간직하게 하고
있을까?

하나님

변덕이 꾸물꾸물한 인간에게
하나님은 회초리이며 격려자가 되어주신다.

죽음과 삶

서른을 앞두고 난 이런 생각을 했다.

평범하게 살고 평범한 공간에서 잔잔하게 인생을 살아가 야겠다는 생각 말이다.

그래서 난 그 화려하고 각박했던 과거의 직장을 저 버리고 동네 언저리 한 약국의 직원을 선택했다.

내 꿈을 저버리고 싶어서 선택한 것이 아니다.

재충전의 시간이 필요했고 내가 글을 써내려가는 과정에 어 떠한 것이었든 작게나마 영향을 줄 것이라 여겼기 때문이다.

오고 가는 많은 사람들 속에서 나를 되돌아보고 싶었고 아픔을 잠재우기 위해 찾아오는 사람들을 보며 육체와 정신 적 고통에서 과연 이 약으로 해갈되는 것은 어디까지일까?

라는 생각을 하게 됐다.

'늙으면 죽어야 해. 왜 이렇게 안 죽어지나 몰라'

그들의 마음속에 애잔함이 묻어있다.

내가 살면서 만났던 사람들 또 만나왔던 또 만나고 있는 모든 사람

나에게 다 소중하게 여겨졌다.

그 모든 사람이 내 인생에 있어 크게 든 작게 든 영향을 미쳤고 미치고 있다는 사실을 깨닫게 되면서 말이다.

3장

찬란한 눈물

이어폰

세상의 소리를 거부한다.

귓가에 울리는 내가 듣고만 싶어 하는 세계.

이어폰을 떼었을 때 세상과 맞설 힘도 없고

세상과 타협할 힘도 없고

세상에 부딪힐 힘도

세상에 버텨낼 힘도 없다

퇴근길 이어폰을 귓구멍으로 꼬깃꼬깃 짓누른다.

아날로그 감성

옛날 감성에 젖는다.

나는 옛날의 것을 그리워하기도 하며

옛날의 것을 추구하기도 하는

생긴 것과는 사뭇 대조되는 요즘 시대의 사람이다.

아날로그 감성.

시골에서 자란 내가 시골 정취를 좋아하는 건 왠지 맞지 않

을 수 있다.

이 시대의 아픔

현실의 괴리감

딸만 일곱인 우리 집은 이른바

바람 잘 날 없는 집

변덕은 왜 죽 끓듯 할까?

사람의 감정이란 무엇일까?

사전적 의미의 감정은

좋음과 싫음

기쁨과 슬픔.

현재의 심정

나는 지금 어디에 있는가?
서른, 잔치는 끝났을까?
나의 '바람'은 '바람'에 날아가 버렸다.

가오리

가오 잡기가
그렇게 중요한 건가?
당신이 가오를 잡을 수밖에 없는
사연도 있겠으나
차라리
가오리의 넓은 몸으로 상대방을 감싸 안아 준다면
그것이 가오 잡는 것보다
더 큰 대접을 받을 수 있을 것이다.
가오는 가오리에게 맡겨라

과거 발상

내가 살아오던 길목에
내던져 버렸던 그것들이
구체적으로 기억나지는 않지만
미세하게 조각조각 생각이 나는 어느 날이다.
눈시울이 붉어지고 알 수도 없는
감정이 소용돌이친다.
그 사람, 그 책, 그 옷가지들 그 신발, 그 구겨진 종이 쪼가리
찢겨 나간 사진, 테이프가 떨어져 나간 통장들,
망가진 볼펜, 다 쓴 화장품, 그 장소, 그 기억들….

겸허

잘한다. 잘하네. 라는 인정받는 말만 듣고 살던 당신이
못한다. 못하네. 라는 말을 듣게 되었을 때도
상처받지 않고 담담히 받아들일 줄 아는 자세가 필요하다.

전쟁과 평화

주님
하루가 다르게 세상과의 전쟁은 더욱 심해져 갑니다.
전쟁에서 승리자가 되기 위해 온갖 생각과 경험으로 무장
하여 이겨 내려 하지만
결국, 넘어져 다치고
상처투성이가 되어 울부짖는 우리입니다.

사과나무

사과나무가 어느새 50여 년 세월을 무색하게 할 정도로
내 나이 서른, 어느새 함께 자라 온 지도 30년이란 세월이
흘렀다.
잘 지내고 있지?
객지에서도 너희 생각에 밤잠을 설친다.
우리 아버지, 불같은 성격이지만 너희에게는 그 누구보다 특
별하게 대하는 거 알지?

미화

영국의 록 밴드 라디오 헤드의 노래 'creep'이 애절하게 내 귓가를 맴돌며 온몸 구석구석을 절절하게 감쌌다.

버스 뒷좌석에 앉아서 바라보는 바깥 풍경이 따사롭게 내 눈가에 비쳤고 버스 안 풍경은 학교로 향하는 학생들의 노곤함을 절실히 반영하고 있었다.

내 생에 가장 아름다웠던 날은 언제였을까?

나는 지금 왜 과거를 되돌아보고 싶어 하는 걸까?

감사했던 기억, 악몽 같았던 기억 중 어느 것이 가장 많이 느껴지는 걸까?

과거의 기억은 미화되기 마련 이랬던가?

여고 시절 함께 감수성을 공유했던 친구로부터 받았던 편지가 떠오른다.

지혜야,

생일 축하해.

사실 지혜 생일이 며칠인지 잘 모르겠는데 그 날인 건 맞지? 16일? 어쨌든 늦었지만, 생일 진심으로 축하한다. 전에 네가 칼릴 지브란을 제일 좋아한다고 했던 거 기억나서 산 책인데 혹시 읽었거나 가지고 있는 책이더라도 다시 한 번 즐겁게 읽어줬으면 좋겠어. 안에 내용을 대충 보니까 네 분위기랑 어울리는 거 같아. 지혜 분위기라는 건, 뭐… 섬세하고 내적 신념이 강한 사람? 뭐 그런 분위기야. 우리 이제 며칠 뒤면 고3이 되는데 실감이 전혀 안나. 다른 애들은 공부 열심히 한다던데 난 이번 방학 때 만화책이나 사 모으고(40권 사서 학원에 숨겨놨어. 엄마한테 걸리면 죽을 거야.)… 에휴, 걱정이다, 걱정.

고3 시절은 정말 후회 없이 보내고 싶은데 이 게으름 때문에 어떻게 될지 모르겠어. 지혜야 교회 가면 나 정신 차리게 해달라고 기도 좀 해주라.

나— 주체 우리가 졸업하고 나면 이 지긋지긋한 꼽지도 그리운 추억이 될까? 다신 돌아갈 수 없는 과거의 날들은 실제보다 미화되어 기억되기 마련이니까.

10년쯤 뒤엔 꼽지랑 수학숙제들까지 그리워질지도 모르겠어. 뭐 아무튼 지금은 하기 싫은 꼽지도 싫고 졸리다.

지혜야, 미안, 뭔 소리를 쓴 건지 나도 모르겠다. 그냥 그러려니 해. 아, 내일 아침에 일어나면 여기 잠결에 써 놓은 거 보고 후회할 것 같요.

지혜야! 생일, 축하해. 어쨌든 후회 없는 폴타는 1년을 보내자구!

2003년 2월 23일 새벽 3시쯤 정신없는 친구가

찬란한 눈물

75

천국

어느 날 갑자기 이런 생각을 하게 됐다.
서른이 되어서 다시금 깨닫게 된 것일까?
나는 글을 쓸 때 가장 행복하고 내가 살아 있음을 몸소 느낀다.
마음속에 품은 나만의 생각들을 그냥 흘려보내고 보냈을 때
참 아쉽기도 하고 수없이 마음속으로 써 내려가는 내 생각들을
쉴 새 없이 기록하지 못함에 안타깝기도 했다.
언제나 걷고 뛰고 먹고 자기 전까지도 내 안의 그분과 대화를 나눈다
수 없이 질문하고 용서를 구하기도 하고 감사를 표현하기도 한다.
나의 마음속에 품은 생각은 오직 주님께서만 아신다.

그 누구에게도 나의 깊은 내면에 있는 말을 내뿜지 않고 산다.
겉으로 무언가 말했을 때 나의 감성적 표현보다 직설적으로 나가기 쉽고
또 마음과 다르게 말을 내뱉기도 한다.
상처를 두려워해서 일 것이리라.
내 마음속 주님과 대화를 할 때는 나는 전혀 상처를 받지 않는다.
내가 화를 내고 내가 속상해하고 내가 울고 웃고

무엇을 어떻게 하고 어떤 생각과 말을 해도
주님은 날 위로하시고 날 사랑해 주시고 나에게 적잖은 충
고와 깨달음을 주신다.
내가 살아가는 이유는 주님과의 소통이며
그분께서 주실 천국이란 집을 꿈꾸며 상상하며 산다.

과거

과거를 되돌아보지 말고

과거를 원망하고 후회하지 마라, 라는 주일 낮 목사님의 말씀.

과거를 후회하는 것은 넘어짐이며

넘어지는 것은 당연하지만 넘어졌을 때 일어서지 못하는 것
이 죄이고

일어서면 승리하는 것이다.

지금껏 과거를 후회하기도 하고 과거에 이랬었는데, 라며 과
거로 돌아가고 싶어 하기도 했다.

영화 '백 투 더 퓨처'를 보면서 타임머신을 타고 과거로 돌아가
나의 유년 시절부터 새 삶으로 바꾸고 싶다는 상상을 줄곧
한다.

초등학교 2학년 시절 구구단을 한 명씩 일어나서 발표하던 때
기억이 나지 않아 얼굴이 빨갛게 달아오르던 그 장면부터
돌아가고 싶었다. 구구단을 한 번에 멋지게 외우고
과제물로 내준 수학문제를 참고서로 다 베껴서 제출하지 않고
아무리 집에서 아버지께서 시골 일손을 돕길 원해도

내 공부에 집중하고 싶다.

아무리 전깃불을 아껴야 한다고 하셔도 끝까지 불을 켜고 꿋꿋하게 공부하려 한다.

성적이 좋지 않게 나오더라도 낙심하지 말고 아버지께 미안해하거나 주눅이 들지 않고

열심히 최선을 다해서 나의 과거를 더 멋지게 성공하게 하고 싶다.

성공?

성공이 성적이 우수하고 성적이 우수하게 나오지 않더라도 내 뇌 속에 열심히 최선을 다해서 지식을 집어넣는 것이 성공일까?

내가 생각하는 과거의 성공이 이것일까?

그건 아니다.

내가 열심히 최선을 다했을 때 주님께서 기뻐하실 것이고

내가 열심히 살아가고 최선을 다했을 때 어린 시절부터 주님을 믿는 본보기가 되어

믿지 않는 이들을 더 많이 하나님을 알게 하고 싶어졌기 때문이다.

나의 글이

윤동주 시인처럼, 이해인 수녀처럼

일찍이 종교적으로 시를 쓰며

나의 우울함과 슬픔을 시로 담기보다

주님을 높이는 시를 작성해가며 더욱 주님 높이기에 열정을 다한다면

나의 성적도 나의 글도 더 아름답게 여겨지리라 생각이 들었다.

나의 과거는 주님을 믿으면서도 최선을 다하지 못한 것에 후회되는 것이다.

착하게, 말도 조금만 하고 아버지께 순종하고 집안일 열심히 돕고 효행상과 선행상을 몇 차례 타왔었지만, 그것보다 중요한 것은 우리 믿지 않는 아버지까지도 주님을 알게 하고 주님 곁으로 나가 주님만을 의지하며 살아가는 가장이 되도록 돕는 것이 더 큰 효행이라는 것을 이제야 깨닫게 되면서부터이다.

세상은 돈 명예 지식이 중요한 것 같지만, 건강도 중요하고 외모도 중요하게 되며

그것보다 중요한 것은 바로 주님을 내 안에 모시고 주님과 함께 매일을 살아가는 것이라는 생각이다.

수 없이 넘어져서 낙오하고 실망하고 속상해하고 상처받고 우울해 하고 범죄를 저지르고 악한 모든 것을 일삼는 이 세상에 추악한 모든 것이 사라지고 주님을 모시면서

우리나라 아니 전 세계 아니 우주의 모든 살아있는 것들이

하나님을 알고 나아간다면

이보다 더 큰 과거 되짚기는 없을 것이다.

과거를 되돌리기보다.

현재 내가 변하고

하나님과 함께하며 살아가는 것이 더 급선무임을 깨닫게 된다.

아, 어머니 뱃속에서부터 하나님의 음성을 듣고 지금껏 단 한 번도 쉬지 않고 하나님과 함께한 나는 정말 행복하고 감사하고 정말 성공한 사람이야,

라고 말하고 싶다.

생채기

학창 시절 극찬을 받았던 '아버지'라는 시가 있다.

체육 담당이셨던 선생님께서는 수업시간에 내 이름을 부르셨다. 조용히 손을 든 나에게 '지혜야, 네가 쓴 시는 정말 네 나이에 쓸 수 없는 시 같더라. 네 시를 읽고 눈물을 흘렸었다.' 라고 말해 주었다. 나는 너무 감사했고, 이 말씀을 가슴 판에 새기고 아직도 산다.

나는 나에게 상처 줬던 사람들보다 나에게 감동을 준 사람들에게 너무 감사하다.

상처는 왜 만드는 것일까?

상처라는 의미를 알기나 할까?

나는 상처받기를 누구보다 싫어한다.

세상 사람들은 상처를 수없이 주고받곤 한다.

상처는 가정에서도 사회생활에서도 빼놓을 수가 없다.

세상에 악당이 너무 많다.

그들은 왜 그토록 상처를 입히고 당당히 살까?

그들 역시 다른 누군가에게 상처를 받으면서 왜 자신들이 주는 상처는 알지 못하는 것일까?

불면증

벌써 잠에 빠져 한 참 꿈을 꾸고 있을 시간인데
오늘따라 잠이 오지 않는다.
서른이 넘기 전에
출판의 꿈을 이뤄야 할 것 같다는 생각이
머릿속에 가득 메울 뿐.

흰머리

설마 흰머리?
새치일까?
오늘 처음 맞닥뜨린 흰색 머리카락
거울을 마주하며
뽑으려 애를 쓰는데
한참이 걸린다.

불현듯, 이제부터 시작인가 싶어
마음이 스산해진다.
할머니, 할아버지가 되어 머리카락이 온통 흰색이 되면
마음에 온갖 심경변화가 일어나겠지.
노인을 향한 마음이 짠해진다.

술 권하는 사회

술 권하는 사회는
힘들고 어려운 싸움
불참석자를 향해 손가락질할지라도
도마 위에 생선이 될지라도
견디고 참아낼 수 있어야 한다.
사연이 있겠지, 라는 마음으로 상대를 바라본다면
싸움도 투쟁도 잔인한 말도 나오지 않으리라.

창작의 고통

TV도 없이 무슨 재미로 사느냐고 묻는다면 실수를 범하는 것이다.

창작의 고통에 몸서리 칠 상대를 당신의 생각대로 재단하지 마세요.

눈물

무작정 글을 쓴다는 것은 어떤 것일까?
어릴 적부터 눈물은 나의 시와 글을 만들었다.
눈물은 나에게 고통스러운 창작 시간을 덜게 해준
감사의 눈물이었으며 희열의 눈물이었다.
눈물은 글 하나를 끝마침 해주는 윤활제였던 것 같다.

사색

침묵을 일관하게 하는 것이야말로 사색하는 묘미이다.
얼마 전 나에게 사색이라는 친구가 오랜만에 찾아왔다.
사색이란 친구는 자주 만나도 과언은 아닌데
사회가 사색을 좀처럼 내버려 두지 않으려 한다.

십자가

용기 내어 반지 함에 있던 십자가 반지를 꺼내 들었다.
세상과의 전쟁에서 수시로 넘어지는 나를 뉘우치고자
손가락에 끼웠더랬다.
작디작은 반지가
왜 이토록 무겁게 느껴지는 걸까?
주님이 지신 십자가는 얼마나 무겁고 고통스러우셨을까?
오늘도 난 세상 속에서 십자가를 더 무겁게 하는 건 아닐까?
이미 다 지신 십자가에 회개의 눈물을 흘린다.

청춘과 서른의 경계선

설익었던 청춘과 타협할 시간인가?

이제 청춘의 나이는 져버리고

진지함 속으로 여물어 가는 내 나이 서른이랬던가.

기타와 우쿨렐레

방 한구석에서
검은 기타와 갈색 우쿨렐레가
나의 손길을 기다리고 있다.
이제 튕길 때도 되지 않았니?

마음대로

완벽성을 추구하고 싶었으나
시 짓기가 일상이 되어버린 이상
자유시, 산문시 등
나의 마음이 가는 대로
나의 손이 가는 대로
그저 마음대로

종이와 연필

키보드보다 종이와 연필을 사랑하는 나는
이제 서른이 되었다.

월요일

월요일은 왜 이토록 피곤한 걸까?

주님도 주일날 쉬셨고

월요일부터 피곤하셨을까?

화요일

화가 스멀스멀 나오는 시간이 되고 있는가.
화성에서 온 남자, 금성에서 온 여자를 아시는가?

수요일

수수하게 보내기.

목요일

목이 차도록 견뎌낸다.

금요일

이 또한 금방 지나가리라, 라고 했던가.

토요일

나무와 함께 춤을.

주일

주님께서 만드신 7일째 되는 날.
예배를 드리며 회개와 감사를 합니다.

자매

나에게 언니는 일곱

행운의 숫자라는 7번째 언니는

제일 먼저 천국에서 행복하게 지내고 있다.

첫째 언니 우여곡절 심했고

둘째 언니 또한 우여곡절 심했다.

셋째 언니 역시 우여곡절 심했으며

넷째 언니 다름없이 우여곡절 심했다.

다섯째 언니 최근에 우여곡절 맞이했고

여섯째 언니 우여곡절 언젠가 있었으리라.

왜 이토록 잔인하게 우여곡절이 일렁이는지

고난의 연속과 잔인한 생채기.

이 또한 지나가고 회개하여 천국에 가는 그날 맞이하자.

7이라는 이름

막내라는 것은
특별해 보이는가?
나는 현재 일곱째 막내다.
7반과 7번을 자주 했으며
7이라는 숫자를 좋아한다.
어디서 유래했는지는 정확히는 모르지만
행운의 숫자라는 소리를 많이들 한다.
하나님 믿는데 숫자를 믿느냐고 하겠지만.
그저 좋은 것과 싫은 것을 말하듯
7이라는 숫자가 좋을 뿐이다.
7번째 딸로 살면서 나 역시 우여곡절 심했고
쉴 새 없이 찾아오는 우여곡절이 있다.
하지만 이것 역시 하나님의 섭리이리라.

불현듯

예고도 없이
쏟아지는 생각들
메모하지 않으면
잊어버리는 아쉬움
그리하여 이하윤 선생님은
그토록 메모를 놓치려 하지 않았던가.

상실

우리가 잃어버렸던 것들
마모되고
재가 되고
증발해 버린
모든 것들
다시 찾을 수 없는
그 어딘가로 사라져 버린 것들

그대는

하나님 다음으로
그대에게 말을 꺼냈다.
나의 독특함을 인정해주고
나의 모든 것을 좋아해주는
그대는
이것 또한 좋아했다.

언니라는 의미

큰언니에 대한 애틋함과
둘째 언니에 대한 애틋함
셋째 언니에 대한 애틋함과
넷째 언니에 대한 애틋함
다섯째 언니에 대한 애틋함과
여섯째 언니에 대한 애틋함
그 시절,
행복하기도 하고
안타깝기도 했던 기억들이
애틋함으로 자리하는데
이 애틋함 언제쯤 표현할 수 있을까?

형부라는 의미

큰 형부에 대한 고마움과
둘째 형부에 대한 고마움
셋째 형부에 대한 고마움과
넷째 형부에 대한 고마움
다섯째 형부에 대한 고마움과
여섯째 형부에 대한 고마움
마음으로는 고마움이
하늘을 찌를 듯한데
이 마음이 언제쯤 전달될까?

조카라는 의미

1번 조카에 대한 사랑과

2번 조카에 대한 사랑

3번 조카에 대한 사랑과

4번 조카에 대한 사랑

5번 조카에 대한 사랑과

6번 조카에 대한 사랑

7번 조카에 대한 사랑과

8번 조카에 대한 사랑

9번 조카에 대한 사랑과

10번 조카에 대한 사랑

마음만은

크나큰 사랑이 일렁이는데

이 마음 알고는 있을까?

Amazing grace

그 날의 기타 연주는

우리에게 크나큰 힘이 되었다.

Amazing grace

방언

고 3시절 간절히 원했다.
'나를 위해서가 아닌 남을 위해 기도하는 사람이 되겠으니
은사를 주세요'라고
이 기도를 들으시고는 바로 나에게 주신 은사.
객지에 나와 잊고 살았던 은사가 오늘 넘치게 흘렀다.

달리기

아버지와 어머니는
50여 년 사과나무를 지키신다.
녹슨 몸을 힘겹게 지탱하면서도
꿋꿋하게 지키신다.
고장 나버려 수리조차 힘든 몸으로
왜 그토록 놓지 못하실까?
일곱 딸, 여섯 사위, 열 명의 손자 손녀들은
말릴 새도 없이 돕고 또 돕는다.
힘겹고 고통스러운 순간도 참아내며
부모님께로 달려간다.
효녀 꼬꼬 못지않은가.

찬란한 눈물

기쁨, 슬픔, 속상함, 억울함이 구별되어 정리가 되지도 않은 듯한데
예고도 없이 흘러내린다.
인공눈물 무색하게 할 정도로 볼을 타고 흘러내린다.
누군가 나에게 왜 우느냐고 질문해 와도
답을 해 줄 수 없이 하염없이 흘러내린다.
눈물은 언제나 반짝 반짝 빛을 내게 하는데
그 누가 눈물의 원인에 대해 정의를 내릴 수 있을까?
신비한 우주의 모든 현상들처럼 쉽사리 정의를 내릴 수는 없다.
그저, 눈물은 찬란하구나! 라고 밖에.